# COLLECTION

# EAUX-FORTES ET GRAVURES

## MODERNES

PAR

Bracquemond, Gaillard, Boilvin, Buhot
Daubigny, Desbrosses, Jacque, Jacquemart, Waltner
Rajon, Rops, Seymour Haden, etc.

EAUX-FORTES, GRAVURES, LITHOGRAPHIES, DESSINS

NON CATALOGUÉS

### VENDUS EN LOTS

DONT LA VENTE AURA LIEU

## HOTEL DROUOT, SALLE N° 5

### Le Vendredi 14 Mai 1886

a *trois* HEURES

Mᵉ Henri LECHAT | M. Ch. DELORIÈRE
COMMISSAIRE-PRISEUR | ÉDITEUR, MARCHAND D'ESTAMPES
rue Baudin, 6 (square Montholon) | rue de Seine, 15

PARIS — 1886

IMPRIMERIE

Ve RENOU ET MAULDE

144, Rue de Rivoli, 144

PARIS

# COLLECTION

—

# EAUX-FORTES ET GRAVURES

## MODERNES

PAR

Bracquemond, Gaillard, Boilvin, Buhot
Daubigny, Desbrosses, Jacque, Jacquemart, Waltner
Rajon, Rops, Seymour Haden, etc.

EAUX-FORTES, GRAVURES, LITHOGRAPHIES. DESSINS

NON CATALOGUÉS

## VENDUS EN LOTS

DONT LA VENTE AURA LIEU

# HOTEL DROUOT, SALLE N° 5

## Le Vendredi 14 Mai 1886

A DEUX HEURES

———

**Me Henri LECHAT**

COMMISSAIRE-PRISEUR

rue Baudin, 6 (square Montholon)

**M. Ch. DELORIÈRE**

ÉDITEUR, MARCHAND D'ESTAMPES

rue de Seine, 15

———

PARIS — 1886

## CONDITIONS DE LA VENTE

—

Elle sera faite au comptant.

Les Acquéreurs paieront CINQ POUR CENT en sus des enchères, applicables aux frais.

# DÉSIGNATION

## APPIAN

1. — Le Golfe de Gênes. Épreuve d'artiste sur Japon.

## ARANDA (D'après JIMENEZ)

2. — L'Ecrivain public. Epreuve de remarque sur Japon.

## AUFRAY DE ROC-BIAN

3 — Le Daguet aux écoutes. Grande eau-forte, épreuve d'artiste avec dédicace.

4 — L'Abreuvoir. Épreuve d'artiste sur Japon.

4 *bis* — Home sweet Home. Epreuve d'artiste sur Japon.

## BEAUGRAND

5 — La Vierge Marie, d'après Luini. Epreuve avant lettres.

## BÉRAUD (D'après J.)

6 — La Salle Graffart, lithographie par Lunois. Epreuve d'artiste sur Japon signée.

## BIANCHI

7 — L'Enfant de chœur, eau-forte originale. Epreuve avant lettre sur satin.

## BOILVIN

8 — La Bibliothèque Mazarine, d'après Fortuny. Epreuve de remarque sur Japon.

## BRACQUEMOND (F.)

9 — David, d'après Moreau, épreuve 4ᵉ d'état, sur Japon (*in progress*) signée.

10 — Boissy-d'Anglas à la Convention, d'après E. Delacroix. Epreuve d'artiste sur Japon signée.

11 — L'Hiver, belle épreuve avant lettre sur Japon.

12 — La Servante, d'après Leys. Epreuve sur Hollande du 2ᵐᵉ état (B. 280).

13 — Portrait d'Erasme, d'après Holbein. Epreuve sans lettres sur Chine.

14 — Le Canard. Epreuve avant lettre.

15 — Le Haut d'un battant de porte et autres sujets, quatre pièces. Epreuves sur Japon et Hollande.

16 — Une Nuée d'orage. Epreuve d'artiste sur Japon.

17 — Les Sarcelles. Epreuve avant lettres.

18 — Ils s'en allaient dodelinant de la tête, etc. Belle épreuve avant lettres.

19 — Le Jardin d'Acclimatation. Epreuve d'artiste sur Japon.

20 — Pièces diverses originales : six Pièces.

## BOUTELIE (L.)

21 — Portrait d'après Pollainolo. Belle épreuve avant lettres.

## BRITOU RIVIÈRE

22 — Cave Canem, gravé par Chant.

## BUHOT (F.)

23 — Quai de l'Hôtel-Dieu. Epreuve avant lettres sur Hollande.

24 — Les Voisins de Campagne. Epreuve avec les croquis dans les marges, sur Hollande.

25 — La place Bréda en hiver. Belle épreuve tirée sur papier bleuté.

26 — La Place Pigalle. Très belle épreuve sur Hollande.

## CATALOGUES

27 — Vente des tableaux peints par douze artistes, illustré de 12 eaux-fortes.

28 — Galerie de M. Schneider, tableaux anciens, dessins et aquarelles. Avril 1876, illustré de 23 eaux-fortes.

29 — Tableaux modernes et dessins. Vente C. Dutilleux 46 planches. Catalogue très intéresssant pour Delacroix et Corot.

30 — Eaux-fortes modernes en premières épreuves par Lalanne et Martial. Vente avril 1876, illustré de deux eaux-fortes.

31 — Tableaux modernes, collection Ed. L. Jacobson de la Haye, illustré de 19 eaux-fortes.

## CHAIGNEAU (F.)

32 — Le Vieux Berger. Belle épreuve d'artiste sur Hollande.

## CHAMPOLLION

33 — L'Embarquement pour Cythère, d'après Watteau, très belle épreuve d'artiste sur Hollande.

34 — Le Choix du Modèle, d'après Fortuny. Epreuve sur Hollande avant lettres.

## CHAPLIN (D'après)

35 — Souvenirs. Eau-forte en couleurs gravée par Gaujean.

## CHAUVEL (Th.)

36 — Ville-d'Avray, d'après Corot. Epreuve d'artiste sur Japon.

37 — Le Batelier, d'après Corot. Belle épreuve sur Hollande.

38 — Chevaux arabes, d'après Fromentin, lithographie. Epreuve sur Chine avant lettre.

## B..... (Comte de)

39 — Sujets de Courses, série de 12 eaux-fortes ¦ sur Japon.

## COROT (D'après)

40 — La Chaumière — Les Bruyères, gravés par Brunet Debaines. Epreuves sur Japon.

## COROT (D'après)

41 — Passage du Tyrol, gravé par Desbrosses. Epreuve de remarque sur Japon. Signée.

42 — Souvenirs de Toscane. Belle épreuve, avant lettres.

## COURBET (D'après)

43 — Photographies, Lithographies, procédés, etc., 18 pièces.

## COURTRY (Ch.)

44 — La Fille du Pasteur, d'après Adan. Epreuve d'artiste sur Japon.

45 — Le Linge de la Ferme. d'après Laugée. Epreuve d'artiste sur Japon.

46 — Rêverie. Epreuve d'artiste sur Japon.

## DAMMAN

47 — Le Parc à Moutons. Epreuve avant lettres.

## DAUBIGNY

48 — Les Vendanges. Epreuve avant lettres.

49, Le coup de Soleil, d'après Ruysdaël. Epreuve d'essai sur Chine tirée en bistre.

50 — Eaux-fortes, par et d'après Daubigny, 7 pièces.

## DEBLOIS (C.-T.)

51 — La Foire aux Servantes, d'après Ch. Marchal. Epreuve d'artiste sur Chine.

## DELACROIX (E.)

52 — Son Portrait d'après lui-même, lithographié par Letoula. Épreuve d'artiste sur Chine. Signée.

## DELAUNAY

53 — L'Abbaye de Westminster. Épreuve de remarque sur Whatman, signée, le timbre de la « Printsellers Association ».

## DELDUC

54 — Le Charlatan, d'après Kaemmerer. Épre ve d'artiste sur japon.

## DESBOUTIN

55 — La Sortie de bébé. — Mademoiselle Moumou, etc. Quatre pièces. Épreuves avant lettre sur hollande.

## BESBROSSES (L.)

56 — Un coin du Jardin des plantes, pointe sèche originale. Épreuve d'artiste sur japon, tirée à cinquante.

57 — La Mare aux vaches. — Le vieux Pont. Deux pièces. Épreuves d'artiste sur japon, signées.

58 — Clair de lune, eau-forte originale. Épreuve de remarque sur japon, signée.

59 — Le Moulin. — Chemin de l'église, deux pièces. Épreuves de remarque sur japon.

## DETAILLE (Ed.)

60 — Un cuirassier, eau-forte originale. Épreuve sur papier du Japon, sans lettre.

61 — Un chasseur. Épreuve d'État.

## DEVÉRIA

62 — La Naissance de Henri IV, eau-forte par Ramus.
Épreuve d'artiste sur japon, les noms à la pointe.

## DIVERS

63 — Eaux-fortes, d'après Rosa Bonheur — Hamon —
Corot — Troyon, etc., etc. 10 Épreuves avant lettres.

64 — Eaux-fortes, d'après Millet, Rousseau, Diaz, etc.,
etc. 10 Épreuves avant lettres.

65 — Eaux-fortes, d'après Bouguereau — Daubigny —
J. Dupré, etc. etc. 10 Épreuves avant lettres.

66 — Eaux-fortes, d'après Gérome — Veyrassat —
Yvon, etc. 10 épreuves avant lettres.

67 — Eaux-fortes originales par Lalanne, Brunet Debaines, de Gravesande, etc., etc. 6 épreuves avant
lettres.

68 — Eaux-fortes originales, par Ch. Jacque — Hédouin — Breton Castries, etc. 6 épreuves avant lettres.

69 — Eaux-fortes, par Veyrassat — Gilli — Huet —
Chauvel, etc., etc. 6 épreuves avant lettres.

70 — Eaux-fortes, par Morin, Nanteuil, Brendel, Lo-
vera, etc., etc. 6 épreuves avant lettres.

71 — Eaux-fortes originales, par Ribot Toudouze, etc.
6 planches avant lettre.

## DUPONT

72 — Le Printemps, d'après Mrs Allingham. Épreuve
avant lettre.

## FEYEN-PERRIN

73 — Les Cancalaises, gravé par A. Masson. Belle épreuve avant lettre.

74 — Le docteur Velpeau entouré de ses élèves, lithographie de G. Bellanger. Épreuve avant lettre sur chine, signée.

## FLAMENG (L.)

75 — La Pièce de cent florins, d'après Rembrandt. Magnifique épreuve avant lettres.

76 — Portrait de Gavarni. Épreuve avant lettres.

77 — The Blue Boy, d'après Gainsborough. Épreuve avant lettres.

78 — Miss Graham, d'après Gainsborough. Épreuve avant lettres.

## FOREL (A.)

79 — Vue de Paris, prise du Pont des Arts. Belle épreuve sur japon.

## FORMSTECHER

80 — Les Petits cuisiniers, d'après E. Frère. Épreuve d'artiste sur japon.

## FORTUNY (D'après)

81 — Le Papillon. Belle épreuve sur parchemin, signée.

82 — Arabe en prière, gravé par Damman. Épreuve d'essai.

## FRAIPONT (G.)

83 — Promesses. Belle épreuve de remarque sur japon.

84 — L'Hôtellerie de la Botte. — A la plus belle. Belles épreuves avant lettres sur japon.

## FRAGONARD (D'après H.)

85 — Les Jets d'eau, gravé par T. de Mare. Épreuve de remarque sur japon.

## FULWOOD (John)

86 — A Devonshere Hayfield. — The Belated Traveler, pointes sèches originales. Très belles épreuves d'artiste avec remarque sur parchemin.

## GAILLARD

87 — La Tête de cire du musée de Lille. Épreuve d'artiste sur chine, signée.

88 — Dom Gueranger. Épreuve d'État sur chine.

89 — Pie. évêque de Poitiers. Épreuve du 1er état, sur chine.

90 — Portrait de M. de Melun. Trois épreuves, dont deux en état et une terminée sur chine, signées.

91 — Portrait de M. X..., eau-forte originale. Épreuve sur papier vert.

## GAUTIER (Lucien)

92 — L'Abside Notre-Dame (Effet de neige). Belle épreuve avant lettres.

## GAUTIER (Lucien)

93 — La Chaumière. — Le Canal, d'après Corot. Belles épreuves d'artiste sur japon.

94 — Le Château de Chillon, eau-forte imprimée en couleurs, avant lettres.

95 — Windsor Castle. Épreuve d'artiste sur japon.

96 — Loch Lomond. Épreuve de remarque sur japon.

## GAVARNI

97 — La Chanson de table, grande lithographie originale. Belle épreuve.

98 — Costumes historiques pour travestissements. Paris, Bauger et Cie. Douze lithographies originales dans la couverture de publication, in-4.

## GÉRICAULT

99 — Le Derby à Epsom, lithographie in-fol. par Thornley, d'après le tableau du Louvre. Épreuve sur japon avant lettre, avec remarque signée.

## GREUZE (D'après)

100 — La Jeune veuve, gravée par Manigaud. Épreuve d'artiste sur chine.

## HEILBUTH

101 — Beau temps, gravé par Léon Coutil. Épreuve d'artiste sur japon.

## HESELTINE

102 — Paysages, marines, eaux-fortes originales. Cinq pièces. Épreuves d'artiste sur japon.

## INGRES (D'après)

103 — Portrait de M. Martin, gravé par un inconnu. Très belle épreuve d'artiste d'une pièce rare.

## JACQUE (Ch.)

104 — Pastorale. Très belle épreuve d'artiste, signée.

105 — Eaux-fortes diverses originales, dix pièces. Épreuves sur chine.

106 — La Bergerie, reproduction exacte de la grande eau-forte par procédé. Belle épreuve.

107 — Supplément au Catalogue dressé par J.-J. Guiffrey. *Paris, Jouast*, 1884. 1 vol. petit in-8 br.

## JACQUEMART (Jules)

108 — Appendice au Catalogue de son œuvre, par L. Gonse. Brochure in-8 illustrée de 4 eaux-fortes de Jacquemard. *Paris*, 1881 ; tiré à 60 exemplaires. Epuisé.

109 — Portrait de Rembrandt. Belle épreuve avant la lettre.

110 — L'Infante Isabelle. Belle épreuve avant la lettre.

111 — Le Coq. Belle épreuve avant la lettre.

112 — La Veuve et l'Enfant, d'après Sir J. Reynolds.

## JACQUET

113 — *Gloria Victis*, d'après Mercié. — Le Courage Militaire, d'après Paul Dubois, deux pièces. Epreuves sur chine.

## JUGLAR

114 — Mercredi des Cendres. Belle épreuve.

## KRATKÉ

115 — La Mare, d'après T. Rousseau. Epreuve d'essai sur Japon (in progress), signée.

116 — La même pièce. Epreuve d'artiste sur parchemin, timbrée de la Société anglaise. Signée.

117 — Le Pêcheur, d'après T. Rousseau. Epreuve d'essai sur japon (in progress). Signée.

## LALANNE (Maxime)

118 — Le Pont-Neuf. Epreuve avant la lettre.

## LALAUZE

119 — Portrait de M$^{me}$ de Chauvelin, d'après Greuze. Très belle épreuve d'artiste sur japon avec dédicace.

120 — Molière chez Louis XIV, d'après Veber. Epreuve d'artiste sur chine.

## LAUGIER

121 — La Belle Jardinière, d'après Raphaël. Epreuve de remarque.

## LELOIR (Louis)

122 — Un Raffiné. Epreuve avant la lettre, sur japon.

## LEPIC

123 — Jupiter, César, etc. 4 pièces.

## LE RAT (P.)

123 bis. — Episode du Siège, d'après E. Bayard. Epreuve avant la lettre. Signée.

## LETOULA

124 — Le Roi Morvand, d'après Luminais. Lithographie.
Epreuve d'artiste sur chine. Signée.

125 — La Mort de Chramm, d'après Luminais. Epreuve
d'artiste sur chine. Signée.

## LHERMITTE (D'après)

126 — La Paye des Moissonneurs. Lithographie, par
Lunois. Epreuve d'artiste sur chine. Signée.

## MANET

127 — Le Guitariste. Epreuve avant la lettre.

## MARE (T. de)

128 — La reine des Belges. Epreuve d'artiste sur japon.
Signée.

## MARTIAL (P.)

129 — Les Cancalaises. Epreuve avant la lettre sur
hollande.

130 — L'Angelus, d'après Millet. Epreuve de remarque
sur japon.

131 — Une Merveilleuse. Belle épreuve avant la lettre.

## MASSON

132 — Le Retour des Champs, d'après Pattein. Epreuve
de remarque sur japon. Signée.

## MEISSONIER (D'après)

133 — Les Amateurs de Dessins, gravé par Jacquemart.
Epreuve avant la lettre, japon.

## MEISSONIER (D'après)

134 — Le Guitariste. Lithographie, par Mouilleron. Epreuve sur chine.

135 — Portrait de A. Dumas dls, gravé par Mongin. Epreuve non terminée. Signée.

136 — La même pièce. Epreuve terminée, artiste sur chine. Signée.

137 — Défilé des populations lorraines, à Nancy, devant l'Impératrice et le Prince impérial. Eau-forte par par Jules Jacquemart. Epreuve sur hollande. Les noms à la pointe.

138 — Le Peintre, gravé par Rajou. Belle épreuve avant la lettre.

139 — Les Lansquenets. Lithographie, par Sirouy. Épreuve sur japon. Signée.

140 — La Chanson. Gravé par Mongin. Epreuve d'artiste sur hollande.

141 — Arquebusier. Gravé par Duvivier.

142 — Un Homme de Guerre. Gravé par Flameng.

143 — Une Lecture chez Diderot. Gravé par Mongin. Epreuve d'état sur hollande. Signée.

144 — L'Ordonnance. Gravé par Mongin. Epreuve d'état sur hollande. Signée ; pièce rare non publiée.

145 — Le Portrait du Sergent. Gravé par Mongin.

## MERYON (C.)

146 — Son Portrait. Gravé par Bracquemond. Epreuve avant la lettre sur japon. Signée.

147 — Vue de San Francisco. Belle épreuve sur japon.

## MILLAIS (J.-E.)

148 — Homona. Gravé par Cousins.

## MILLET (J.-F.)

149 — La Fin de la Journée. Eau-forte, par L. Coutil. Epreuve d'artiste sur japon. Signée.

150 — Collection de dix eaux-fortes, d'après les tableaux de Millet, dont un frontispice et un portrait de Millet. Gravées par Rops, Lalauze, Lalanne, Taiée, etc. Tirage sur japon. Monté.

151 — L'Angelus, lithographie par Vernier. Épreuve sur chine avant la lettre.

152 — Le Vanneur. — Paysan allant au champ. Deux pièces gravées par Belin-Dollet. Épreuves d'artiste sur japon.

153 — La Fileuse auvergnate. Belle épreuve.

## MONGIN

154 — Sur la Grande route, d'après Glindoni. Épreuve d'état sur japon.

155 — Le Christ devant Pilate, d'après Munkacsy. Très belle épreuve d'artiste avec remarque, sur japon, tirée à peu d'épreuves.

## MORDANT

133 — Sous le Directoire, d'après Edelfeld. Épreuve d'état sur japon.

157 — La Marchande de pommes, d'après Saintin. Épreuve de remarque sur parchemin.

## MORDANT

158 — La République d'après Dalou. Épreuve de remarque sur hollande.

159 — Les Cerises, d'après Edelfelt. Épreuve avant les lettres sur japon.

160 — La Toilette, d'après Edelfelt. Épreuve avant les lettres.

## MOROT (D'après)

161 — La Tentation de saint Antoine, gravé par Léon Coutil. Épreuve avant la lettre sur chine.

## MUNKACSY

162 — Le Christ devant Pilate, eau-forte par Mongin (*Gazette des Beaux-Arts*). Épreuve d'artiste avec remarque, sur hollande, signée.

## NANTEUIL (Célestin)

163 — Décors pour le bal d'Alexandre Dumas. Cinq sujets sur la planche, dont deux pouvant servir pour illustrer Notre-Dame de Paris de V. Hugo. Épreuve sur chine, grandes marges.

## NIEL (Gabrielle)

164 — Ruines de l'Hôtel-Dieu. Épreuve avant la lettre.

## PARRISH (Stephen)

165 — The Schroon River. Épreuve d'artiste sur japon.

166 — Fishermen's Houses. Épreuve d'artiste signée.

## RAJON

167 — Portrait de Bracquemond, eau-forte originale. Très-belle épreuve d'artiste sur hollande.

168 — Rembrandt dans son atelier, d'après Gérôme. Très belle épreuve d'artiste.

169 — Le Muezzin, d'après Gérome. Épreuve avant les lettres.

170 — La Prière, d'après Chalmers. Épreuve avant les lettres.

171 — Jean d'Autriche, d'après Vélasquez. Belle épreuve d'artiste.

172 — L'Étudiant, d'après Steinheil, eau-forte. Épreuve sur chine.

173 — Le Cardinal de Newmann, d'après Oules. Épreuve avant la lettre sur hollande.

174 — Portrait de Bracquemond, d'après lui-même. Épreuve d'artiste sur parchemin.

175 — Une Rixe dans un cabaret, d'après Vautier. Épreuve avant les lettres.

176 — La Halte, d'après G. Morland. Épreuve d'artiste sur japon.

177 — Portrait de M. Spottiswood, d'après Watts. Belle épreuve d'artiste.

178 — Mrs Siddons, d'après Gainsborough. Belle épreuve d'artiste.

179 — La Femme au chapeau de poil, d'après Rubens. Très belle épreuve avant les lettres.

180 — L'Amour platonique, d'après Zamacoïs. Superbe épreuve d'artiste.

## RAPHAEL (D'après)

181 — La Vierge à la chaise, graveur inconnu, très-joli pièce. Deux épreuves avant la lettre, toutes marges.

## REYNOLDS (Sir Joshua)

182 — The Strawberry Girl, gravé par Cousins.

183 — Miss Penelope Boothby, gravé par Cousins.

## ROPS (F.)

184 — Paysage. Très belle épreuve sur hollande, non signée.

185 — Encadrement japonais. Belle épreuve signée.

186 — Pallas. Très belle épreuve sur hollande, imprimée par Nys (Cette pièce, faite par Rops, est signée William Lesly).

187 — Mon Bourgmestre. — Le Modèle (deux sujets sur la même feuille). Épreuve sur hollande.

188 — La Fileuse, d'après J.-F. Millet. Épreuve sur japon.

189 — Au lac Siljan. Très belle épreuve avant la lettre sur hollande, tirage de Bruxelles.

190 — Parisienne. Très belle épreuve avant la lettre sur hollande, premier tirage fait à Bruxelles.

191 — Frontispice pour Souvenirs de Barbizon de Piédagnel. Épreuve sur japon.

192 — Série de dix Eaux-fortes sur japon.

## ROUSSEAU (E.)

193 — La Poésie, la Renommée et la Vérité, d'après le Corrège. Épreuve avant la lettre sur Chine.

## SALMON (E.)

194 — La Réprimande, d'après Vibert. Épreuve sur Japon.

195 — Les Fauconniers, d'après Hédouin. Épreuve avant la lettre.

## SIDLEY

196 — The Challenge et pendant, gravés par Simmonds.

## SCHENNIS

197 — Le Crépuscule. — Clair de lune. Épreuves d'artiste sur Japon, signées remarque.

## SEYMOUR HADEN

198 — Battersea Reach.

199 — Thames Ditton. Belle épreuve sur vieux papier.

200 — Fulham. Belle épreuve sur parchemin.

## SOMM (H.)

201 — Japonisme. Pointe sèche originale. Epreuve sur Hollande.

202 — La même pièce. Epreuve de la planche coupée, sur Hollande.

## THORNLEY

203 — Peintures murales du Panthéon, d'après Puvis de Chavannes. Quatre piéces, épreuves d'artiste. Signées. (Lithographies).

## TISSOT (James)

204 Portrait d'Eglinton. Pointe sèche. Epreuve avant le nom, sur Hollande.

205 — Sunday Morning. Belle épreuve d'artiste.

206 — Entre les deux, mon cœur balance. Eau-forte originale : épreuve signée.

## VaN ELTEN

207 — Wimockie Creek. Epreuve d'artiste sur Japon.

## WALTNER (Ch.)

208 — Lady Camden, d'après J. Reynolds. Belle épreuve sur Hollande.

209 — M. Bishoffheim, d'après Millais. Epreuve avant la lettre.

210 — Les deux Cochers, d'après G. Morland. Epreuve avant la lettre.

211 — La Musique, d'après Delaplanche. Epreuve d'artiste sur Japon tirée en sanguine.

212 — Lady Ellenborough, d'après Lawrence. Epreuve avant la lettre.

213 — Le Rabbin, d'après Rembrandt. Epreuve d'artiste sur Japon, timbrée de la Société anglaise.

214 — Rembrandt van Ryn, d'après le tableau de National Gallery. Belle épreuve sur Hollande.

## WUST (Th.)

215 — Le Matin de Noël. Superbe épreuve d'artiste. Signée.

216 — Pointes sèches, têtes de femmes. 5 planches sur Japon.

217 — Sous ce numéro, il sera vendu un grand nombre d'Eaux-fortes, Gravures et Dessins.

Vve Renou et Maulde, imprimeurs de la Compagnie des Commissaires-Priseurs, rue de Rivoli, 144.     300—68171

RED.:

20

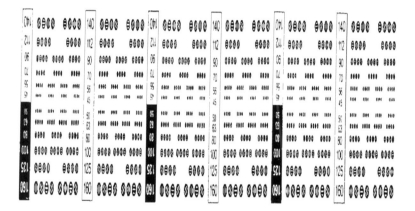

**MIRE ISO N° 1**
NF Z 43-007
**AFNOR**
Cedex 7 - 92080 PARIS-LA-DÉFENSE

0  1  2  3  4  5  6  7  8  9  10

# BIBLIOTHEQUE NATIONALE DE FRANCE

****

# CHATEAU DE SABLE

## 1996

Imprimé en France
FROC031932250919
22251FR00013B/234/P